童話運動會

自大的蚊子

童話／九色芬媽咪　童畫／九色芬

目次

Contents

貓熊

頭腦大力丸

動物學園新來了一位老師，山羊校長請大家鼓掌歡迎：

「猩猩老師會教各位同學循序漸進，用正確的姿勢與知識做運動。」

「小朋友運動不是亂動，就像頭、肩膀、膝、腳趾，要照著從上到下的順序。」

生龍活虎的猩猩老師，說到哪動到哪的演出，讓大家十分期待體育課的來到。

「1234、2234、3234……。」

有一天，暖身操沒做完，幾個不愛運動的同學就偷偷溜走了！

「拉完單槓的同學，會得到『頭腦大力丸』，沒拉單槓的同學，要跑十圈操場。」

猩猩老師不動聲色地走到樹叢大聲宣佈，沒多久，粉紅兔、呆呆熊和頑皮豬，又悄悄回來了。

「單槓又叫做『引體向上』，眼睛要看下面才不會頭暈腦脹。」

猩猩老師示範拉單槓的技巧。

「注意！不是把單槓向下拉，而是把自己往上提。」

沒吃午飯的粉紅兔，頭昏昏還抬頭猛看，兩手一放就跌在地上。

呆呆熊扭到腳，頑皮豬撞到頭，接二連三的慘況，讓猩猩老師提早喊停。

猩猩老師吹哨子請大家集合。

「不知道如何保護自己的同學，表示你的腦袋空空的，需要補充『頭腦大力丸』幾顆。」

餓壞的粉紅兔說：「老師，順便給我『身體大力丸』好嗎？」

貪吃的呆呆熊說：「老師，我什麼丸都吃！」

「傻孩子，『頭腦大力丸』不是用嘴吃的，而是透過眼睛、耳朵吸收知識。」

猩猩老師要同學跟著念：「運動前吃七分飽、暖身動作不可少」，手腦並用的學習，才會變成聰明又強壯的大力士！

小朋友想一想

呆呆熊要補充哪些「頭腦大力丸」，才會變聰明呢？（正確答案不止一個）

1. 閱讀好書　2. 吸收新知　3. 學習技巧　4. 沉迷電視

正確答案：1、2、3

看童話猜謎語

全身棕毛密又長，眼睛小小頭耳圓，

翻山涉水捕魚強，兩腳站立比人壯。

（媽咪說：猜一種動物。）

答案：棕熊

爸媽的真心話

小孩，是人生的晉階之道，養育重任會讓爸鼻、媽咪時時保持在更健康、更有力的最佳狀態。

孩子，謝謝你。

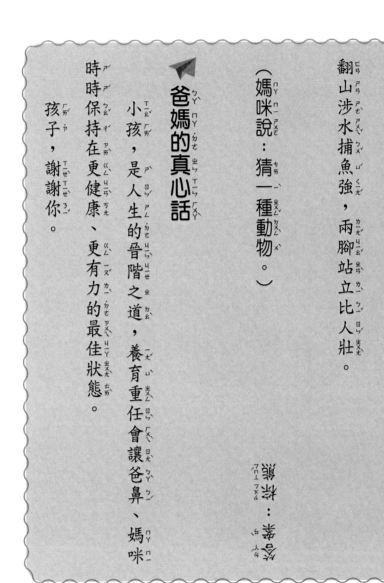

兔媽媽消失了

小兔皮皮很搗蛋，一下把菜園踩亂，一下鬧脾氣不吃飯，兔媽媽忙得團團轉，根本沒有休息時間。

一天比一天累的兔媽媽，身體越來越虛弱，鬍鬚也越掉越多了。

兔媽媽說：「你再不聽話，媽媽就會消失、慢慢不見了。」

皮皮才不相信媽媽會不見呢，照樣偷吃爆米花，照樣打翻調味盒，照樣踢倒了曬衣架。

不被自己小孩愛護的兔媽媽沒有消失，可是越變越透明了，透明到皮皮可以透過媽媽的身體看見後面的桌子。

有一天，鄰居松鼠太太生氣地跑來家裡告狀。

兔媽媽聽到皮皮把過冬的松果全丟到路邊，不斷地向松鼠太太道歉：「松鼠太太對不起，我也不知道該怎麼辦……。」

兔媽媽就在鞠躬時消失，在空氣中不見了，把松鼠太太和皮皮嚇得不知所措。

松鼠太太先安慰一把眼淚、一把鼻涕的皮皮，假裝鎮靜地說：「我們去山上找魔法精靈求救吧。」

魔法精靈把媽媽變不見做為小孩不乖的懲罰，他問皮皮：「你真的願意改變自己，把媽媽救回來？」

皮皮堅定地說：「再困難的辦法，我都願意做！」

魔法精靈被皮皮的誠心打動了，便賜給他三個改變魔法，叫他立刻回家去施展魔法。

改變魔法1：我會照顧自己。

改變魔法2：我會收拾東西。

改變魔法3：我會幫忙家事。

當皮皮完成了三個改變魔法，空氣中竟然浮現了一個透明的輪廓，看見熟悉的身影漸漸變得清晰，皮皮開心地撲向媽媽。

從此以後，皮皮變成聽話的乖小兔，兔媽媽不但身體越來越好，還時常被皮皮逗得大笑！

小朋友想一想

小兔皮皮做了哪些事，讓兔媽媽輕鬆一點呢？（正確答案不止一個）

1. 收碗筷
2. 亂摘花
3. 擦桌子
4. 摺衣服

正確答案：1、3、4

看童話猜謎語

長長耳朵聽得遠，蹦蹦跳跳不流汗，

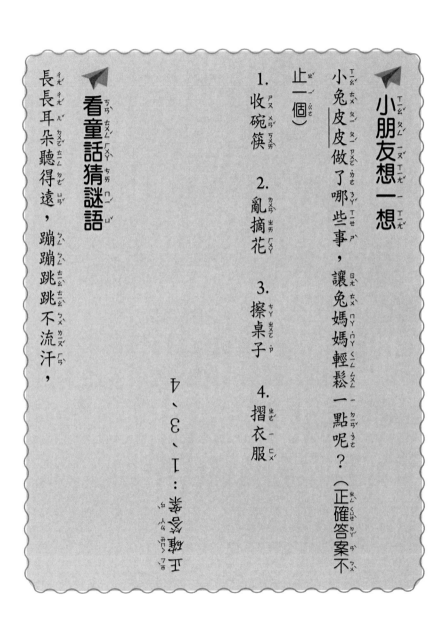

吹吹涼風散熱煙，厚厚毛衣草裡藏。

（媽咪說：猜一種動物。）

答案：兔子

爸媽的真心話

嬰兒柔弱的哭聲，實為有力的長鞭，驅使爸鼻、媽咪
作牛作馬還無怨無悔，心柔軟了，脾氣也變好了。

孩子，謝謝你。

小袋鼠上學記

動物學園開學了，期待上學的小朋友，個個衝著、搶著先進教室。

校門口，只有不想離開媽媽懷抱的小袋鼠還在撒嬌。捨不得和心愛寶貝分開的袋鼠媽媽說：「你需要媽媽陪你上學的話，媽媽可以不要上班呀。」

於是，一年級的教室裡，每個同學都乖乖坐在自己的位子上，只有小袋鼠得意地窩在媽媽口袋，讓大家無法集中注意力，學習進度落後一大截。

整天都在學校的袋鼠媽媽，什麼事也做不了，老闆氣得跳腳，家裡的氣氛也變得很糟糕。

第二天，山羊校長走進教室，請袋鼠媽媽安心去上班。

「您不能永遠陪在小袋鼠身邊，應該放手讓孩子成長。」

小袋鼠鬧脾氣，不跟媽媽說掰掰。

媽媽很難過，小袋鼠在座位上，不停唱著「媽媽是工作狂」的歌。

「小袋鼠，你太過份了！」

同學們七嘴八舌地說：「媽媽愛你，才會賺錢給你上學。」「你待在媽媽袋子裡，不無聊嗎？」「你不想跟同學一起玩嗎？」

小袋鼠哭花了臉，說：「同學我一個也不認識。」

嘿唷、嘿唷，同學們七手八腳地搬來一本書。

「只要打開ㄅㄆㄇ魔法書，你就會看到同學的照片和資料，第一頁是ㄅ斑馬、ㄆ螃蟹、ㄇ螞蟻……。」

小袋鼠擦擦眼淚，問：「那我想媽媽的時候怎麼辦？」

快樂狗哈哈大笑：「跟我們一起去盪鞦韆、去探險啊，回家的時候，才有好玩的事可以分享啊。」

放學時，袋鼠媽媽來接孩子，發現小袋鼠哼著輕快曲子，一路說著學校發生的趣事。

紅紅太陽下山啦，袋鼠家又找回甜蜜與幸福了。

小朋友想一想

小袋鼠需要同學的哪些幫助呢？（正確答案不止一個）

1. 一起玩耍　2. 介紹環境　3. 安慰他　4. 嘲笑他

正確答案：1、2、3

看童話猜謎語

早產寶寶丁點大，高個媽媽放口袋，

手短腿長尾巴粗，跟人打架不會輸。

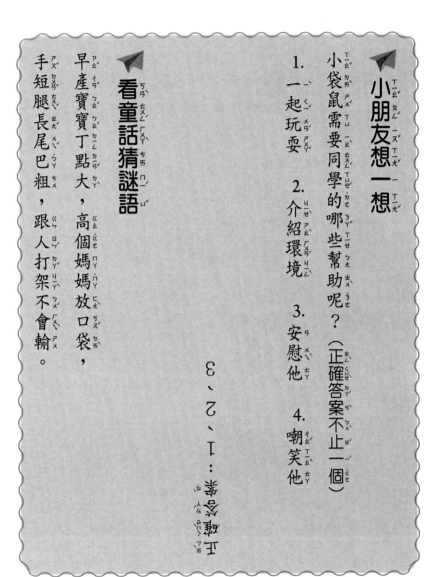

（媽咪說：猜一種動物。）

答案：袋鼠

爸媽的真心話

家裡多了一個孩子，爸鼻、媽咪的時間變得很「充實」，空間變得很「擁擠」，我們增添的不只是一個咿咿呀呀的聲音，而是迎接一個新時代的到來。

孩子，謝謝你。

鴨子樂園

呱、呱，一群可愛的鴨子誕生了。

他們破殼而出、搖搖擺擺走著，一隻接著一隻地跳下水，其中叫聲特別宏亮的黃毛小鴨，被爸媽取名為「呱呱」。

呱呱很喜歡和兄弟姐妹一起玩耍，跑步、踢球……什麼活動都愛參加，每天玩得很開心、笑得很大聲。

自從老大說：「呱呱太吵了，走到哪吵到哪！」

大家開始找呱呱的麻煩，不讓他圍圈圈吃大鍋飯，呱呱只好躲在旁邊，孤零零地撿剩飯。

以前可以參加的遊戲，像「木頭人」、「跳格子」……，全輪不到呱呱了。

呱呱向媽媽哭訴：「大家討厭我，不要跟我玩！」

兄弟姐妹在媽媽面前都說沒有，也會假裝對呱呱很好。

但是，媽媽一走，呱呱又被冷落了。

呱呱獨自走到爛泥坑，哭個不停。

青蛙們安慰呱呱：「人家不跟你玩沒關係，你可以自己找快樂。」

呱呱還是大哭：「可是我很傷心啊！」

呱——呱——，青蛙大合唱安慰呱呱：「歡迎一起來呱、呱、呱。」

哈、哈，破涕為笑的呱呱，滿懷感謝地說：「我要回報你們！」

從那天起，呱呱一早就跑來清理爛泥坑，直到天黑才回家休息，小小鴨移開一個又一個的大垃圾。

經過了無數日子，在一場大雨過後，髒亂的爛泥坑變成清澈的大池塘，黃毛小鴨也變為雪白帥哥。

大池塘新種的漂亮花草，吸引了天上飛的、水裡游的、地上跑的動物，排隊要跟風度翩翩的呱呱做朋友。

呱呱和天鵝正在跳《天鵝湖》的舞曲時，聽到消息趕來的兄弟姐妹也想加入，卻遭到青蛙們集體阻止，呱、呱、呱地大聲抗議！

呱呱卻敞開心胸說：「歡迎大家來『鴨子樂園』！」

老大低下頭來說對不起：「我們不應該排擠你。」

呵、呵，呱呱早就不生氣了，現在，他開拓了一片寬廣的新天地！

小朋友想一想

呱呱受到冷落時，怎麼做才是正確的？（正確答案不止一個）

1. 找新快樂
2. 找人吵架
3. 充實自己
4. 專心做事

正確答案：1、3、4

看童話猜謎語

上岸搖擺走，下水雙腳划，
破鑼粗嗓子，扁嘴愛呱呱。

（媽咪說：猜一種動物。）

爸媽的真心話

緊緊跟隨身後的呱呱聲，讓我們形成一個牢不可破的隊伍，爸鼻、媽咪在人間，因而有了像北極星般閃亮的定位。

孩子，謝謝你。

答案：鴨子

自大的蚊子

嗡嗡嗡，有隻蚊子不管飛到哪，只聽見自己巨大無比的聲音。

他叫做「小小」，但是，朋友都覺得他很自大！

他聽不進朋友的好心勸告，因為他老是在飛，每句話都被打斷得模模糊糊。

「哼！你們就留在原地，看我怎麼叮人吧！」

小小張開輕盈的羽翼，得意自己動作敏捷，知道應該在什麼時候吸血。

啪！啪！打不到！

小小吃飽後還彎來繞去，誇耀自己的厲害：「請給我掌聲鼓勵、鼓勵！」

如果有蚊子問小小：「你可以教我吃飽的方法嗎？」小小一定會說：「我才不告訴你呢，你要自己去試才知道！」

「有一天，老王……。」

蚊子們才剛開始聽笑話，就被小小潑冷水：「這個笑話不好笑，我聽過了！」轉身飛走的小小，既小看別人也不在乎大家的感受。

蚊子巡查隊的隊長試圖說服小小：「現在你幫別人，以後別人幫你。」

小小不以為然地回答：「我沒空多管閒事，也不用別人幫我。」

說時遲那時快，一頭鑽進棒球場的小小，本想趁著人多大飽口福，一顆飛快的棒球竟打中小小，撞得他六腳朝天、暈倒在地。

「各位觀眾，這顆球飛得很高、很遠，是個反敗為勝的全壘打……。」

當小小漸漸甦醒，兩隻翅膀飛也飛不動，感覺四周聲音淹蓋過自己。

有觀眾的「尖叫」聲、哨子的「嗶嗶」聲，還有球鞋的「咚咚咚」……，不好了！一隻球鞋正踩向小小的頭頂。

所幸，巡查隊衝過來，「嗡嗡嗡」擊退「咚咚咚」，拯救了小小一命。

小小加入巡查隊時，發自真心地宣誓：「我會扶助弱小，再也不自大、不自私……。」

小朋友想一想

小小對需要幫助的朋友，不應該做哪些事呢？(正確答案不止一個)

1. 小看他　2. 不理他　3. 幫助他　4. 取笑他

正確答案：1、3、4

看童話猜謎語

一生短短幾十天，水裡出生空中飛，

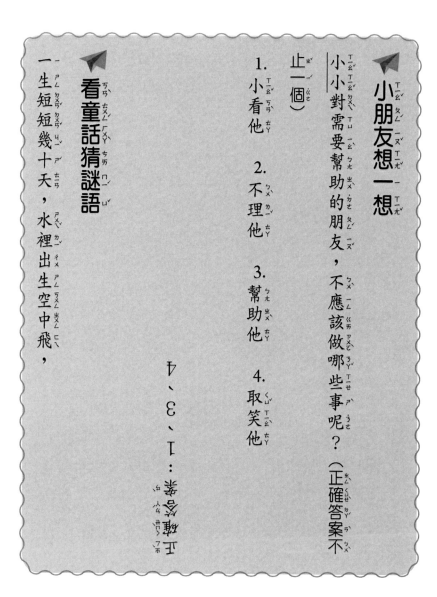

四處叮咬傳病媒，名符其實吸血鬼。

（媽咪說：猜一種動物。）

答案：蚊子

爸媽的真心話

小孩喵喵地強力叫喚，會將爸鼻、媽咪拉出現實世界，忘卻日常的煩惱紛擾，進入好玩、有趣的無用時光。

孩子，謝謝你。

好動的小舞

「1、2、1、2……。」

毛毛蟲學園舉辦春季大遠足，同學們高興得不得了。

恰巧，狒狒學園也來戶外教學，有隻小狒狒跑出路隊想抓毛毛蟲。

狒狒班長糾正他：「5號，你不要像毛毛蟲一樣動來動去！」

毛毛蟲老師看看隊伍，說：「哪有動來動去？」

長的、短的、黑的、彩色的小毛蟲全都乖乖地向前看齊。

哎，除了……老不聽話的小舞！

毛毛蟲老師問小舞：「為什麼你老是歪歪扭扭，不好好走路呢？」

「腳太多了，不曉得要怎麼走嘛！」

小舞的16隻腳互相踩來踩去，不時發出哎喲、哎喲的慘叫聲。

狒狒有2隻腳，毛毛蟲卻有16隻腳，要等到長大，才會減少10隻偽裝的腳，留下6隻真正的腳。

毛毛蟲老師帶領小舞：「我們在蠕動前進的時候，會按照一定的節奏，1、2、1……。」

「喂！小心！」

狒狒班長拉回差點被車撞到的5號，卻讓他書包裡的零食，散落一地。

拿垃圾袋撿零食的狒狒班長，邊撿邊唸：「5號，你要多吃蔬菜、水果，才不會食物過敏變過動兒。」

驚險的一幕，讓毛毛蟲老師想起小舞也曾亂跑，差點被麻雀叼走，幸好小舞腳滑了一下才逃過一劫。

毛毛蟲老師懷疑：「好動的小舞會不會吃錯食物呢？」

細心觀察以後，發現小舞最愛吃的零食是「毒葉」，會造成腦部太興奮、手腳不協調。

在毛毛蟲老師的陪伴下，小舞不但跟上同學的步伐，還加入動感十足的熱舞社，成為技巧超群的舞林高手！

小朋友想一想

在團體行動時，不應該有哪些行為呢？（正確答案不止一個）

1. 歪歪扭扭　2. 吵吵鬧鬧　3. 排好路隊　4. 自己亂走

正確答案：1、2、4

看童話猜謎語

渾身軟綿綿，爬行慢吞吞，
真假腳兒多，偽裝真繽紛。
（媽咪說：猜一種動物。）

答案：毛毛蟲

爸媽的真心話

每天起床，爸鼻、媽咪就要不停地甩頭擺尾，忙到沒空寂寞，好動的孩子，有驅邪思、逐亂想的良效。
孩子，謝謝你。

小黑狗掉黑洞

有隻貪吃的小黑狗，在路上撿到一大個肉骨頭，開心地跑去挖洞藏寶。

哎呀！一不小心卻掉到黑黑的洞裡。

小黑狗感到非常害怕，什麼也看不到，還好遇到了上次向他問路的小老鼠，靠著小老鼠的熱心帶路，小黑狗順利走出迷宮般的地道。

「唉唷！小黑狗，你怎麼又來嘍。」

過幾天，鼠媽媽看見小黑狗爬進地道，感到奇怪地問道。

「嗚——我心情不好。」小黑狗垂著頭。

鼠媽媽放下手邊工作，關心地問：「發生什麼事了？可以讓鼠媽媽知道嗎？」

「隔壁的小花狗把我送她的肉骨頭，送給了平常對我們兇巴巴的大灰狗，我覺得心情好像掉到黑黑的地洞裡，才想到不如躲來這裡，不用看他們快樂地啃骨頭，也不用裝沒事地跟別隻狗打招呼。」

小黑狗終於找到對象傾訴自己的委屈。

鼠媽媽疼惜地說：「小老鼠去辦事，你去大客房休息，保證沒有狗打擾你。」

房間裡的小黑狗越想越難過，哭了一會兒後，聞到了肉骨頭、烤肉串、蚵仔煎和臭豆腐的味道，外頭的花花世界太有吸引力，讓小黑狗忘記了哭泣。

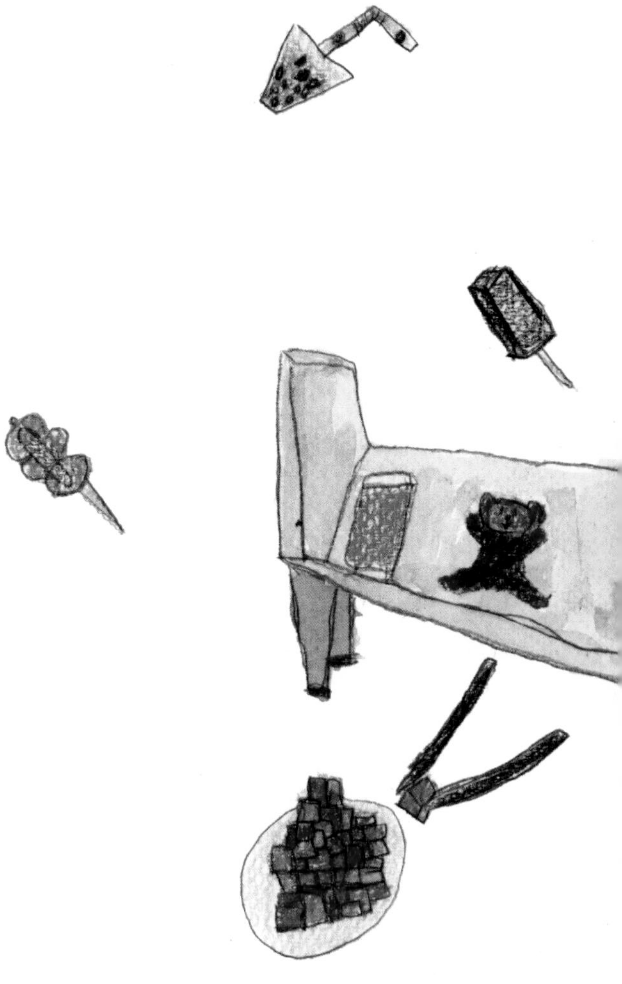

不對，不對，地洞裡不可能會有美食，小黑狗告訴自己沒有香味。

「小黑，小黑，你要不要去逛夜市？」

小老鼠聽說了小黑狗的事，特地邀請他參加地洞的夜市日，朋友們擺出打工得來的食物，請小黑狗吃到飽，然後回狗屋睡個好覺。

「汪！汪！吃早飯。」睡夢裡，小黑狗聽到小花狗的呼喚。

小黑狗的食盆裡，放著一大一小的肉骨頭，是小花狗和大灰狗帶來的禮物！

「小黑狗，謝謝您的肉骨頭，昨天主人忘了留飼料給我，餓壞我了。」大灰狗感激地親親小黑狗。

「汪！汪！吃完我們一起去玩吧。」小花狗溫柔地看著小黑狗。

「好啊！」小黑狗又精神百倍地跳了起來，原來，這只是一場誤會，自己應該先問明白，而不是躲進情緒的黑洞裡。

從此以後，小黑狗和小花狗又多了一個好朋友，就是開心時愛轉圈的大灰狗啦！

小朋友想一想

像小黑狗一樣心情不好時，該怎麼辦呢？（正確答案不止一個）

1. 找人談談
2. 適度哭泣
3. 睡個好覺
4. 吵架、打架

正確答案：1、2、3

看童話猜謎語

圓圓眼睛長長嘴，伸伸舌頭舔舔水，

瞧見路人汪汪追，看到主人搖搖尾。

（媽咪說：猜一種動物。）

答案：狗

爸媽的真心話

童畫裡的人物都有著甜蜜的關係，讓爸鼻、媽咪看世間少了些尖銳，多了份圓滿。

孩子，謝謝你。

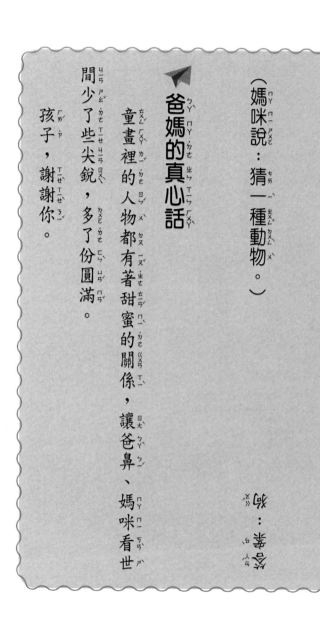

拖拖拉拉三兄弟

從前、從前，在一座百果山上，住了許多猴子家族。

別的猴子兄弟上學時，都是大的牽小的，小的跟著大的，愈走愈快，很快就到學校了。

只有，小猴家的三兄弟上學時，是大的拖小的，小的拉著大的，邊走邊玩，最後全部遲到了。

不管排隊伍、寫作業、交功課……都是拖拖拉拉的，大家愛笑說：

「『拖拖拉拉三兄弟』又來了！」

有一天，小猴爸爸不在家，颱風卻快要來了！小猴媽媽叫老大去河邊裝水回家，老大說：「等一下啦！再玩一下下就好了！」

小猴媽媽要老二去採些香蕉回家，老二說：「等一下嘛！我先去盪鞦韆！」

小猴媽媽催老三去搬芭蕉葉回家，老三說：「等一下呵！我休息一下再去！」

沒想到，颱風來得又急又快，狂風橫掃過樹林之後就下起了大雨。

這時慘了，暴雨下了一天一夜，匆匆躲入岩洞的三兄弟又餓又渴，看著別的家族都有香蕉吃、有水喝，小猴媽媽只好冒著風雨出去，把落在地上的香蕉撿回家。

老大慚愧地講：「我應該先裝水再去玩啦！」

老二抱歉地說：「如果可以重來，我不會再讓時間掉進了『等一下』的破洞裡了。」

老三有個提議：「以後，誰跟媽媽說『等一下』，誰就沒有香蕉吃。」

大家一致通過。

後來，小猴媽媽只要一喊：「抓癢咯。」老大就會說：「猴來也。」老大後面緊接著老二和老三、媽媽和爸爸，全家人圍成圓圈，團結合作，一起抓癢癢。

現在，上學隊伍走得第一快的三兄弟，人稱「猴急三兄弟」是也。

他們早把「拖拖拉拉」四個字，送給愛挑鞋子的蜈蚣啦！

小朋友想一想

猴兄弟改掉拖拖拉拉的壞習慣以後，得到什麼好處呢？

（正確答案不止一個）

1. 節省時間　2. 快樂生活　3. 團結合作　4. 挨餓受凍

正確答案：1、2、3

看童話猜謎語

雙手比腳長，樹上盪鞦韆，

成群吱吱叫，一起抓癢癢。

（媽咪說：猜一種動物。）

答案：猴子

爸媽的真心話

在爸鼻漫長的加班歲月裡，媽咪同一時間要處理多種狀況，沒日沒夜地勞動養成了高效率與意志力。

孩子，謝謝你。

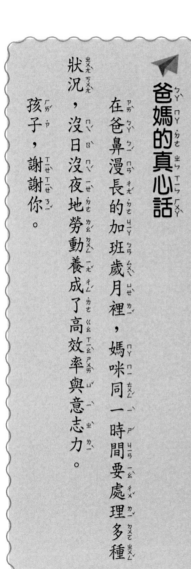

水晶星球

在一座巨大的水晶星球裡，一隻揚起長尾巴的紅狐狸，好像在找什麼東西。

當狐狸探險隊的飛行船，終於找到神祕的水晶星球，從一片葉到一顆樹全閃耀著寶石光芒，將每隻狐狸的眼睛照得發亮。

出發時，首領明明說過：「水晶星球隨時會飛走，抓到一顆寶石後，立刻往回跑，千萬不要逗留！」

同伴們催促著快走、快走，紅狐狸卻不斷地找理由不走。

「我年紀小，走路比較慢嘛！」

事實上，紅狐狸一直在找搬得動的大寶石。

當首領聲聲召喚：「狐狸們快上船！」害怕留下的同伴，叫紅狐狸趕緊跟上。

紅狐狸卻還在做著美夢：

「如果力氣夠，可以抱棵樹回家多好。」

「有了大寶石，一輩子吃喝玩樂沒煩惱。」

沒想到，一陣天旋地轉之後，狐狸們的聲音不見了。

水晶星球進入另一個星系，紅狐狸四處搜尋同伴的味道，

卻完全找不到飛行船和回家的路。

一道冷颼颼的風，彷彿吹響了首領的提醒：

「浪費時間找理由，不如快點承認錯誤，才能得到最好的幫助！」

每次犯錯都要賴得逞的紅狐狸，這次已經來不及了，他的身體越來越重，手和腳漸漸變成水晶。

尖尖臉、小小耳、大大尾巴的水晶狐狸，身上披著堅硬無比的亮麗彩衣，再也無法開口說話，只能用掉落的寶石淚珠，傾訴痛苦並且悔不當初。

啪噠、啪噠……。

小朋友想一想

紅狐狸發現做錯事時，應該怎麼做才好呢？（正確答案不止一個）

1. 找理由辯解
2. 承認錯誤
3. 誠心道歉
4. 改正缺失

正確答案：2、3、4

看童話猜謎語

尖尖臉兒毛茸茸，古靈精怪真聰明，
長長尾巴柔而美，詭計多端最出名。
（媽咪說：猜一種動物。）

答案：狐狸

爸媽的真心話

故事的神奇魔法出現了！爸鼻、媽咪跟著小孩走進童話故事裡，全家人真的過起幸福快樂的日子。孩子，謝謝你。

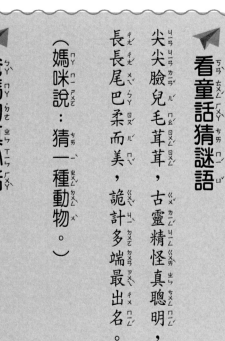

願望的願望

有個小男孩叫「願望」，他和他的機器人有一個願望。

因為常被媽媽叫來叫去，所以，他們想養一隻寵物，嘗嘗當主人的滋味。

願望想要的寵物，是一隻小小的馬爾濟斯狗。

可是啊！媽媽說：「你太小了，還不會照顧寵物。」

媽媽接著問：「你會清狗大便嗎？」

願望說：「我想要養一隻不會大便的狗。」

媽媽再問：「你會按時餵狗吃東西嗎？」

願望回答：「我吃東西的時候，會分他吃。」

媽媽搖搖頭：「人吃的食物不一定適合狗，太鹹或太甜都不可以。」

願望很難過，在長大之前都不能養狗了。

為了實現願望，機器人接下幫忙遛狗的工作，讓願望可以帶狗出去玩耍。

到了晚上，大狗小狗回家睡覺，願望嘟囔著說：「真希望趕快長大，這樣我就可以養狗了。」

機器人絞盡腦汁想出一個辦法，變身為「時空機器」，載著願望抵達他長大的未來。

長大的願望實現了願望，每天清大便、餵狗、陪狗，可是，這隻叫「壞壞」的狗不但不聽話，動不動就咬願望一口。

不知道怎麼養狗的願望又許了一個願望：「我現在最大的願望，就是回到無憂無慮的小時候。」

機器人再次扭轉時間，讓願望可以回到童年。

「哇！是不會大便的狗娃娃和不會亂叫的機器狗！」

願望拆開爸媽放在床邊的禮物。

願望摸著狗娃娃、機器人抱著機器狗的時候，總會想起那隻叫「壞壞」的狗，想到他拉著人往前跑，以及黏著人、伸懶腰的樣子。

願望跟機器人說：「我們從現在開始學習照顧狗，以後當個好主人好不好？」

機器人開心的抱起願望：「好啊！我們來養一隻叫『乖乖』的狗。」

小朋友想一想

喜歡小狗的願望，應該如何照顧寵物呢？（正確答案不止一個）

1. 餵適合食物　2. 陪伴或散步　3. 抱上床睡覺

4. 清理大小便

正確答案：1、2、4

看童話猜謎語

飛行不過鳥，力大不及象，

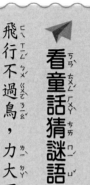

游泳不如魚，首領天地間。

（媽咪說：猜一種動物。）

答案：人

爸媽的真心話

一年年老去的爸鼻、媽咪，看著一年年長大的小孩，

心甘情願地跟青春說掰掰！

孩子，謝謝你。

兒童・童話02　PG1536

童話運動會
——自大的蚊子

作者／九色芬媽咪、九色芬
責任編輯／林千惠
圖文排版／周妤靜
封面設計／王嵩賀
出版策劃／秀威少年
製作發行／秀威資訊科技股份有限公司
114 台北市內湖區瑞光路76巷65號1樓
電話：+886-2-2796-3638
傳真：+886-2-2796-1377
服務信箱：service@showwe.com.tw
http://www.showwe.com.tw

郵政劃撥／19563868
戶名：秀威資訊科技股份有限公司
展售門市／國家書店【松江門市】
104 台北市中山區松江路209號1樓
電話：+886-2-2518-0207
傳真：+886-2-2518-0778

網路訂購／秀威網路書店：http://www.bodbooks.com.tw
國家網路書店：http://www.govbooks.com.tw
法律顧問／毛國樑　律師

總經銷／聯寶國際文化事業有限公司
221新北市汐止區康寧街169巷27號8樓
電話：+886-2-2695-4083
傳真：+886-2-2695-4087

出版日期／2016年5月　BOD一版　**定價**／250元
ISBN／978-986-5731-51-9

秀威少年
SHOWWE YOUNG

國家圖書館出版品預行編目

童話運動會 : 自大的蚊子 / 九色芬媽咪童話 ; 九色芬童畫.
-- 一版. -- 臺北市 : 秀威少年, 2016.05
面； 公分
ISBN 978-986-5731-51-9(平裝)

859.6 105003927

讀者回函卡

感謝您購買本書，為提升服務品質，請填妥以下資料，將讀者回函卡直接寄回或傳真本公司，收到您的寶貴意見後，我們會收藏記錄及檢討，謝謝！

如您需要了解本公司最新出版書目、購書優惠或企劃活動，歡迎您上網查詢或下載相關資料：http:// www.showwe.com.tw

您購買的書名：________________________

出生日期：________年________月________日

學歷：□高中（含）以下　□大專　□研究所（含）以上

職業：□製造業　□金融業　□資訊業　□軍警　□傳播業　□自由業

　　　□服務業　□公務員　□教職　□學生　□家管　□其它____

購書地點：□網路書店　□實體書店　□書展　□郵購　□贈閱　□其他

您從何得知本書的消息？

□網路書店　□實體書店　□網路搜尋　□電子報　□書訊　□雜誌

□傳播媒體　□親友推薦　□網站推薦　□部落格　□其他________

您對本書的評價：（請填代號　1.非常滿意　2.滿意　3.尚可　4.再改進）

封面設計____　版面編排____　內容____　文／譯筆____　價格____

讀完書後您覺得：

□很有收穫　□有收穫　□收穫不多　□沒收穫

對我們的建議：________________________

____

____

____

請貼
郵票

11466
台北市内湖區瑞光路 76 巷 65 號 1 樓
秀威資訊科技股份有限公司 收
BOD 數位出版事業部

....
（請沿線對折寄回，謝謝！）

姓　　名：＿＿＿＿＿＿＿＿＿＿　年齡：＿＿＿＿　性別：□女　□男

郵遞區號：□□□□□

地　　址：＿＿＿＿＿＿＿＿＿＿＿＿＿＿＿＿＿＿＿＿＿＿＿＿

聯絡電話：(日)＿＿＿＿＿＿＿＿＿＿(夜)＿＿＿＿＿＿＿＿＿＿

E-mail：＿＿＿＿＿＿＿＿＿＿＿＿＿＿＿＿＿＿＿＿＿＿＿＿

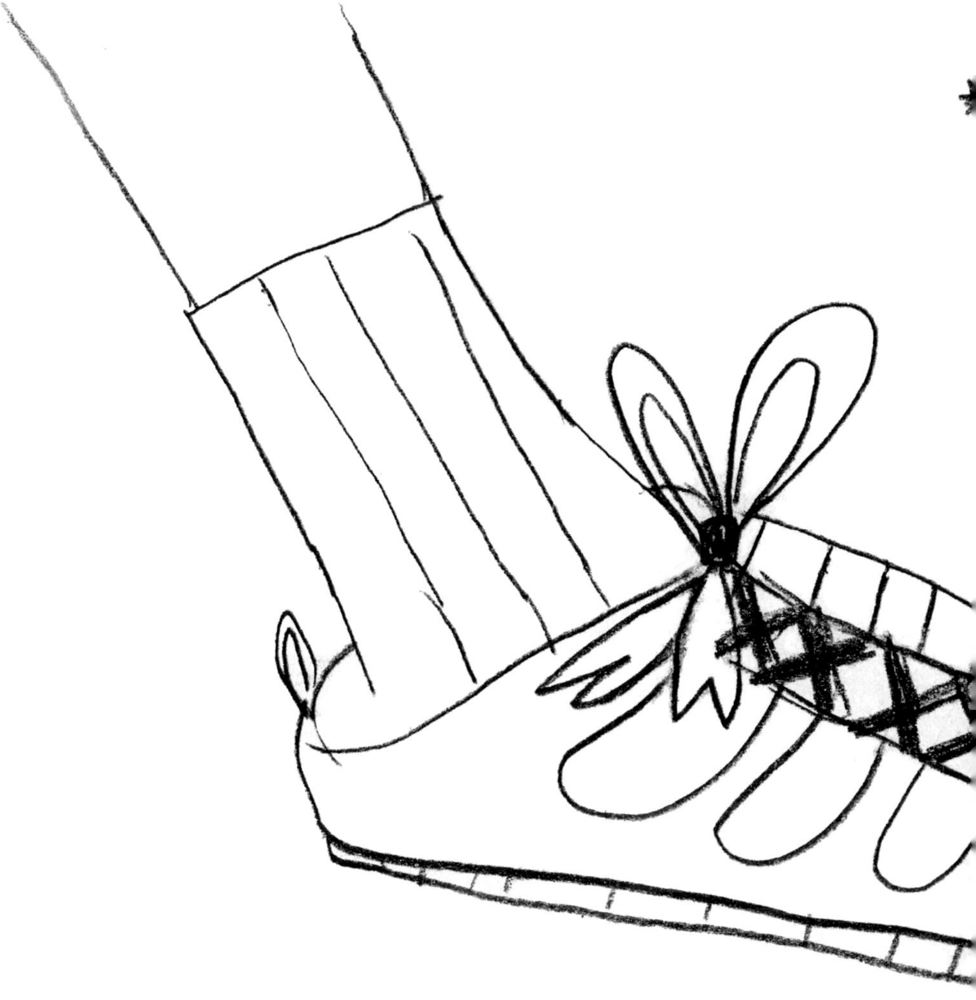

「嗡嗡嗡……蚊子飛來了！」

請小朋友選擇自己喜歡的顏色塗滿喲！

要小心不要被蚊子叮到了！